詩集

世界は朝の

佐藤モニカ

詩集　世界は朝の

＊

目次

I

装幀　野原文枝

I

世界は朝の匂いで

早起きして散歩へ行った
息子を連れて散歩へ行った

外は朝の匂いで充ちていた
おろしたてのハンカチのような
まっさらな朝の匂いで充ちていた

私達は鼻をとがらせて歩いた

雨上がりのような　土の匂いを嗅ぎ
みずみずしい　草花の匂いを嗅ぎ
どこかの家からただよってくる　味噌汁の匂いを嗅ぎ

お弁当に用いるのであろう　唐揚げの匂いを嗅ぎ
焼きたての　パンの匂いを嗅ぎ
少し焦げてしまった　焼き魚の匂いを嗅ぎ
いれたての　コーヒーの匂いを嗅ぎ
すがすがしい　シャンプーの匂いを嗅いだ

家からまだ十分歩いただけなのに
世界は朝の匂いで充ちていた

白いヨット

息子との散歩道
今日は海辺から白いヨットが見えた
水平線の上にちょこんと
人差し指と親指でつまんでのせたようなヨットだった

わたしはヨットを指さして
おまえに教えた

ごらん　白いヨットだよ
おまえは白いヨットを見てまぶしそうな顔をした

その日の帰り道

わたしの心にはずっと
あの白いヨットが漂っていた

だから　わたしは言わねばならない
いつか　おまえにこのことを

帆をしっかりとはるのですよ
風の流れをよくよむのですよ
舵は決して手放さないのですよ

いつの日か　わたしの元を旅立ってゆく
おまえのために

真っ白な帆をぴんとはり
勇ましく　おのれの道を選び進んでゆく
未来の　おまえのために

銀河

繰り返し思い出される
幼い頃の場面に
母と並んで台所にいる姿がある
わたしは向日葵色のエプロンをして
母の隣でクッキーの型抜きをしている

クッキーの型は星だった
こねた生地をめん棒で伸ばし
いくつもの星を型でくりぬいていく作業
わたしはこの作業が好きだった

一度きりでなくその後も何十遍と

繰り返し作っていたから
わたしと母が作った星はおそらく何千、何万といった
膨大な数になっているはずだ

ほら、見あげてください
あの空の一角を
こうこうと輝いている
あの銀河を
あれは母と作った銀河です

イヤリング

街で子供を三人連れたお母さんを見ると
胸がきゅっとしめつけられるのよ
何気ない会話のなかで
むかし　母が言った

実家から遠く離れて暮らす私に
三人子《みたりご》だなんてとんでもない
ようやくたった一人の子を
この世界に　産み出した私に
その時の母の言葉が
揺れやまぬイヤリングのように
耳元に　残っている

時折、それはたとえば　スーパーの駐車場で
三人の子供に囲まれたお母さんを見たときなど
ついつい目で追ってしまう

あれはお母さん
あれは私
あれは妹
あれは弟
丁寧にそれぞれを当てはめたりして

ある時、街ですれ違った家族が
あんまりにも私たち親子に似ていたものだから
私は二度、振り返ってしまった

誰なのと夫に尋ねられたけれど
私はうまく説明する自信がなかったので
黙っていた

あぁ、あれはいつかの私たち
弟の手をひいているのが私
背がぐんぐんと伸びて
心と体のバランスがうまくとれなくて
高く結わえたポニーテールで
どうにかバランスを
とっていた頃の私

三人子に囲まれた母の
夕焼けに照らされた横顔がとても綺麗で
思わずその背に
「お母さん」と呼びかけたくなったけれど

そうしたら、隣にいたまだ小さな息子が
私に「お母さん」と呼びかけるので

私は不意に夢から覚めたような

かなしい気持ちになって
ふたたび　歩きだした

分娩室にて

分娩室でわたしは何度も叫んだのだという
おかあさぁーん
おかあさぁーんと
それは　それは大きな声で

廊下で待たされていた夫は
それを確かに聞いたのだという

よく怖い目にあう人が言いますよ
映画やドラマの中で
はたまたジェットコースターで
でも本当に　そんなこと言うひとがいるなんて

僕は思いもしませんでした
だってその場にいないい人をですよ
いよいよ母になるというその時
わたしは母へ呼びかけたのだという

母よ　母よ
わたしの声はあなたの元へ届いただろうか
あなたの耳元へ

母よ　母よ
おかあさぁーんと
思いっきり　大きな声で叫んだわたしの声は
あなたの所まで　ちゃんと届いただろうか

窓

おまえを連れた散歩道の途中　その声は突如聞こえてきた
するどい　赤ん坊の泣き声
わたしは一瞬おまえかと　どきりとして
ベビーカーをのぞきこんだ
しかし　おまえは口許に笑みを浮かべたまま
しずかに眠っていた

白い産着のいくつもかかった　ベランダの奥から
その泣き声は聞こえてきた
少しだけ見える窓の奥に
わたしは一瞬、自分の姿を見かけたような気がした

窓の奥のおかあさんと赤ちゃんは
このわたしたちだったのかもしれない
いつの日か　家の前を偶然通りかかった誰かが
そんな風に眺めていたのかもしれない

わたしはベビーカーを押した
今はまだ小さなおまえを
帆船のようなベビーカーにのせて
わたしたちは　ゆっくりと未来へ近づいてゆく

ボタン

ブラジルから届いた二冊のパスポートは
深い夜空の色をしていた

二冊のパスポートはわたしの曾祖父と曾祖母のもので
どちらの写真の顔も　正直幸せそうには見えなかった

わたしは曾祖母の写真の
長く連なったワンピースのボタンを眺めた
そのボタンはかけ違うことも取れてしまうこともなく
今日までずっと続いてきたのである

いや　もしかしたら

時には　誰かがそっと駆け寄って
かけ違いをすばやく正したり
取れてしまったボタンをあわててつけ直す朝も
あったのかもしれない

そうして　今　胸に抱いたわたしの赤ん坊が
小さな指でそのボタンをつまみあげると
出航を告げる船の汽笛が
港いっぱいに響きわたり
わたしの胸から次々と
白いかもめが飛び立っていく

一羽のかもめが　空を舞っている
どこかの少年が「あっ、かもめ」と空を指さして

うつくしい雉猫が

よく晴れた春の午後
わが家のベランダのはるか向こうに
一棟のマンションが見える

生成色のマンションは
緑の多いこの辺りによく映える
全身に夕日を浴びたその一棟を
私はいつも　乾いた洗濯物を抱えたまま
惚れ惚れと眺める

けれど　私が知るのはそれのみ
むろん、あのたくさんの扉が

いっせいに開くなどというようなこともない
風が吹き　目の前のサトウキビ畑が
一様に揺れることはあっても

サトウキビ畑の道を歩いていく
あのうつくしい雉猫が
今日は少し早足であるのは
どこかに子猫を待たせているためかもしれない

スーパーの白いビニール袋を提げた
あの買い物帰りのお母さんのように

ふらりとそこへ

家から歩いて少しのところに
一軒のブラジル料理店がある
なんとなく寂しくなったら　ふらりとそこへ行く
そこへ行き
フェイジョアーダや
パステウや
パウミットのサラダなどを食べて
たらふく食べて
帰る
余計なお喋りなどしない
ただ食べて帰る
食べながら

私の頭と心は忙しい
ブラジルの祖父母や叔母や
従姉弟たちのことを思い出し
家を駆けまわる猫たちのことを思い出し
私がブラジルで過ごした日々を思い出し
母が日本で　折々、作ってくれたことを思い出し
食べる
帰り道　あぁ　あのとき母は寂しかったのだなと
気づく

日曜日

—なんにもないところですけど
と彼女は言った
日曜日、わたしたちは小さな農園に招待された
小さな茶畑と牧場が並びあう農園は
春の日ざしがやさしく注がれるところだった
牧場には白や茶色の馬がおり
乗馬に来た人が馬の手入れをしていた
静かな静かな午後だった
茶畑には白や黄の蝶がさかんに飛び交い
その下で緑の葉はいきいきとして見えた
どこからか鳥と虫の声がした
ふたりの子どもを

手押し車にのせ、茶畑の道を歩いた
赤土のなつかしい道だった
弾む足どりで　かつてこういう道を歩いたことがある
あの頃　わたしはまだ子どもであった
遠くに山が見えた
彼女の夫の手作りというベンチの上では猫が寝そべり
辺りを犬が駆け回っていた
子どもたちは鼠の死骸を見つけたと大騒ぎし
大きな蜘蛛の巣を見つけた子どもが
得意気に皆にそれを触れて回った
なにもかもがよく似ていた
わたしはここにとてもよく似た場所を知っていた
海を越えた　遠い遠い国にそれはあった
わたしはベンチに腰をおろすと猫を抱き　辺りを眺めた
あの日のように
―ねぇ、本当になんにもないところでしょう
と彼女がわたしに向かって言った

麻のスカート

夏になると思い出す　母のそのスカートのことを
南国で生まれ育った母は日本の冬が苦手で
夏になると元気になった
あれはお気に入りの一枚だったのだろうか
夏になると登場する　あの麻のスカートは
萌黄色したスカートの裾から覗く
その部分だけ変になまめかしい白いふくらはぎと足首が
今しがた目にしたばかりのもののように思い出される
夏は麻がいいのよ、さらっとしてね、気持ちがいいでしょう
ベランダでスカートを干しながら母が教えてくれた
この夏　わたしも母を真似て麻のスカートを買ってみた
店の鏡で見たふくらはぎと足首が母にそっくりで

やはり親子というものは
どこかしら　よく似るものなのだと
鏡を見つめながら思った
派手なことは苦手な、どちらかといえば
常に　陰へとまわる母であった
それが母の本質なのかもしれないし
もしかしたら　この国に来たことによって
母は　それを選択したのかもしれなかった
娘の目から見た母は　小さな幸せを見つけるのが得意な
いつもなにかに感謝をしている人であった
ベランダで布団を干す母の足どりで
今日は洗濯物を干してみる
風が　麻のスカートを通り抜け
わたしに幸せとは何たるかを教えてくれる気がする

軽便鉄道

動物園の中にある軽便鉄道に乗った
園内をぐるりとまわる鉄道に乗った
時折ポッポーと音をたててはしる鉄道に乗った
前の家族もその前の家族も上機嫌に
その前の家族もさらに前の家族も仲良く乗った

湖の上から魚や鳥に餌を投げる
次々に投げる
わたしも投げる
息子も投げる
前のひともその前のひとも次々に投げる

どうぞよかったらと声がして
後ろを振り向くと
後ろの家族がさらに後ろの家族から
餌を分けてもらっていた
わたしの後ろの家族は餌を買っておらず
子どもたちはかなしそうな顔で
周囲が餌を投げ入れる様子を眺めていたのだろう

お父さんは丁寧に会釈をして
それから子どもたちに貰った餌を渡した
そうしてまた皆で餌を投げる
次々に投げる
わたしも投げる
息子も投げる
後ろのひともその後ろのひとも次々に投げる

下からしたら　どの餌もみな等しく同じであろう
でももしかしたら空の上でも

あら、雨粒お持ちではないですか
よかったらこちらをどうぞ
ではお言葉に甘えてなどというやりとりの末に
降ってくる雨もあるのかもしれない

ぽろんぱらん
ぽろんぱらん
ぱらぱらりん
それはそれは愉快な音で

そして、雪が

むかし読んだフランシス・ジャムの詩に
雪の出てくる詩があった
一読して気に入って
何度も読み返したというのに
丁寧に書き写したというのに
ふたたび思い返そうとすると
継ぎはぎだらけでどうも判然としない

あれはなんという詩だったかと
昔住んでいた遠い街の図書館に電話をして
せめてその収められている詩集の名前だけでも
わかればと尋ねてみた

雪のようにまっしろな
装丁の本だったと記憶している
でももしかしたら　それも
わたしが後から作り上げた記憶かもしれない
なにしろあれから二十年も経ってしまっているのだから

丁寧に調べてくれた司書の方は
わたしが読んだであろう詩集が
既にそこにはないことを教えてくれた
その声は深夜のラジオで聞くような低く落ち着いたいい声で
それゆえ　心は受話器を持ったまま
二十年という歳月を漂いはじめるのだった

わたしのなかを通りすぎた時間
わたしのそとを通りすぎた時間
それらは若干異なるようでもあるが
どちらも確かにわたしの時間なのだろう

縫い合わされた生地の表と裏のように
双方が互いを必要としていたのであろう

〈雪が降るだろう〉
とフランシス・ジャムは書いている

あれから　どれだけの雪が降り積もったことだろう
わたしの胸にも　あなたの胸にも
それから　どれだけの雪が溶けていったことだろう
わたしの胸から　あなたの胸から

ニュースでは今夜の雪を告げている
かつてわたしのいたところも
そしてまたあなたのいたところも
今夜は雪が降るのだろう

詩の一節を思い出しては
つま先がじわじわと濡れていくような錯覚を覚える

今ではもう　雪の降ることのない南の島にいて

つま先

大勢の人のなかにいると
無性に帰りたくなるときがある

そわそわして
急ぎでもない用事を
次から次へと思い出したりして
つま先が出口に向かいそうになるときがある

見てください
ほら、わたしの胸
ここに猫が住み着いているんです
パーティーの帰り際

そっとコートをひらき
胸元の猫を見せてくれたのは
なんという名の作家でしたっけ

彼女の夜風になびく黒髪を見送りながら
見せてもらったばかりの猫の柔らかな毛を思い出した

見てください
あの月の下を
公園に集う猫たちも
今日は早々に帰ろうとしているではありませんか

そうして皆と別れた後に見上げる
すがすがしいほどに
とぎすまされた月のさま

昨日までの世界は

猫を天へ送り出した帰り道
不思議な音を聞きました
海辺で拾った貝殻をポケットへ入れる音
あわてて　わたしは思い出を胸の奥底へしまいました

明け方のお喋り

うちにやって来た一風変わった猫は
どういうわけか
明け方になると喋る
寝室の扉の向こうで
朝毎わたしはその猫の声で目覚める
しかし　扉の向こうへたどり着いたときには
もうそれは終わっている

ある朝は
かわいい　かわいい
ある朝は
たかい　たかい

ある朝は
ひこうき　ひこうき

どれもみな　幼い息子のイントネーションで
どうやら近頃の息子を真似ているようだ

ある朝
また猫が喋りだし
わたしも一度くらいは　その姿を見てやろうと
あわてて飛び起き　部屋を出た

猫は　亡くなった猫の遺影の隣で
バイバイ　バイバイ
といっていた

稜線

小さな爪を　やわらかい髪を
この上なく丁寧に　心をこめて
切り揃えてやるのです
おまえのもつ稜線の　ひとつひとつをたしかめながら

くつ

ちいさなあかちゃんは
やがておおきなあかちゃんとなり
ゆかをはいつくばるようになり
さらににほんのあしでたちあがり
そしてあるきだす
たどたどしいあゆみではあるが
いっちょまえにくつなんてものをはいて
そのくつのまぶしさといったらない
しょうがいでいちばんうつくしいくつは
これだといわんばかりのかがやきをはなっている

海へ

買い物帰り　遠回りして
息子と海を見に行った

卒業旅行で島へ来たという
カラフルな水着の女の子たちが
写真を撮ってほしいとやって来た
彼女たちのはしゃぐ声を聞きながら
何枚か写真を撮ってあげた

―この島の人たちは
　おおかた水着なんて持ってやしないよ
　こんなに日ざしが強いんだもの

入るのはいつだって
　日暮れ時なんだ

島に来たばかりの時に聞いた話がふとよみがえる

次々に波が打ち寄せて
また去ってゆく
波がこちらへ届くたび
一年また一年と過ぎてゆき

ふくらはぎに次の波があたるまで
ぼんやりと　百年前だか千年前だかの
約束を思い出したりして
あれはどこの誰と交わした約束だったか
とうとう迎えに来なかった人の背が
うっすらと浮かぶ

相変わらず　静かな波が

浜辺に　打ち寄せて
気づけばもう　あたりは暗く
あの子たちの姿もない
隣の息子も
そして　私も

Ⅱ

カフェ・ド・ブラジル

今日のコーヒーの味は
一段と深みがありますね
あなた様がそう仰ってくださいましたので
少しだけ家族の物語を

それはわたくしの祖父が作った
コーヒーです
海を越えた異国の地で
コーヒー園を営んでおります

移民というものを　あなた様はご存じでしょうか
まだお若いあなた様はご存じないかもしれませんね

そうですか　最近テレビでご覧になったばかりですか
それはきっと　外の国からやって来る人達の
お話ではありませんか

わたくしが申し上げるのは
かつてこの国から　大勢の人達が夢見た移民です

わたくしの曾祖父もまた
そういった者のひとりでした
曾祖父はまだ若く、青年でした
まだその頃は曾祖父なんかじゃありません
若い妻とそれから幾人かの子どもを連れて
神戸港から旅立ったのです

幾人かの子どものなかの
一番小さな者がわたくしの祖父でした
今でいうと　小学校に上がったばかりの齢でしょうか

曾祖父は数年で日本に帰る
つもりでおりました
数年でお金を貯めて
景気のよい話をたくさん聞かされて
海を渡っていったのです

しかしいざ　その地を訪れてみると
話とはまるで違う荒れ果てた土地でした
皆その土地を前に声をあげ泣いたというのでした
小さな子どもを手伝わせながらの開拓でした
長い歳月を要したのは言うまでもありません

どうぞもしよろしければ
朝　一杯のコーヒーを召し上がる時に
祈るような気持ちで
召し上がってください

どうぞもしよろしければ
昼　一杯のコーヒーを召し上がる時に
コーヒー園の豊かな緑と艶々とした赤い実を
思い出してください

どうぞもしよろしければ
夜　一杯のコーヒーを召し上がる時に
異国の地でコーヒーに人生を捧げた日系人がいたことを
思い出してください

長話を致しました
お若いあなた様にはさぞかし退屈な話でしたでしょう
でもいつの日か　あなた様の進む道に
今日のこの昔話が勇気を与えてくれたらと思うのです

これはわたくしの祖父が作った
最後のコーヒーです
祖父はこの春亡くなりました

この店も今日が店じまいです
よく晴れたいい日ですね
行ってらっしゃい
どうぞよい一日を

青い地球儀

薄黄ばんだ一枚の新聞に
幼いわたしが　ブラジルの祖母と話す様子が載っている

千葉県のとある百貨店で開かれた
ラテンアメリカフェアの一貫として
声のお便りコーナーという会場とブラジル間の
国際電話を利用できるイベントがあったのは　遠い昔

—もしもし、おばあちゃん
モニカです

わたしの隣でワンピース姿の母が

うれしそうに微笑んでいる

時がたつのは本当に早いもので
わたしもまた
あの頃のわたしくらいの息子がいる

地球儀に興味があるらしい息子は
幼稚園の初日　わたしに向かって
「地球儀があるよ」と
わたしのスカートを引っ張りながら教室の隅で囁いた

まだ幼いながら　他の遊具ではなく地球儀に
関心をもつおまえを不思議に思ったものである

いつかおまえも知るだろう
その青い地球儀の秘密を

日本から旅立った

多くの日本人たちの話を
おまえにも聞かせてやらねばなるまい

できることなら
神戸港にならび立ち　海を見ながら
ここから旅立っていった
わたしたちの祖先について
おまえに語ってやりたい

きらきらと光る水面を眺めながら
やさしく頬を撫でる風を感じながら
おまえに語ってやりたい

それから　神戸港から旅立った
わたしたちの祖先と多くの先人たちの思いを　胸に
日本へ舞い戻ってきた
千鶴子という日本名をもつ日系三世の
おまえのおばあさんについても

おまえに話してやらねばならない

次の春の誕生日には
地球儀を買ってやろうと
おまえの父さんは言っている

小さな手で　くるくると
地球儀をまわすおまえの傍らで
わたしは何千、いや、何百万もの
移民の物語を思うことだろう

対蹠地

対蹠地《たいせきち》という言葉を知ったのは
少し前のこと

—対蹠地というのは足裏を対するという意味だよ
　いわゆる正反対ということさ
　簡単に言うと　地球の裏側
とその人は言った

それじゃあと私も興味を持って
今住んでいるところの対蹠地は
いったいどのあたりなのだろうと調べてみたところ
あぁ　それはまた　驚くべきことに

ブラジルの祖父母が生前住んでいた州なのであった

そして、よくよく調べてみれば
私の住まいは
祖父母の家と見事に重なるなどという
偶然まではなかったものの
どうもなかなかにこれが近いようなのである

祖父母は　いわゆる土に還ってしまったため
なにかこれは　勇気をもらったような気持ちになった

これからは　私
なにか困ったことがあったら
足裏《あなうら》でしっかりと土を踏みしめて
考えるようにしよう

これからは　私
なにか悩んだことがあったら

手のひらをぐいっと土にのせて
励ましてもらおう

これからは　私
なにかうれしいことがあったら
両足をとんとんと踏み鳴らし
知らせることにしよう

あぁ　幸いなことに
この土はまた赤土で
ブラジルの祖父の
農場《ファゼンダ》の土を思わせてくれるのだ

インタビューにて

今日は遠いところをはるばるありがとうございます。取材と言われましても、私などで、お役に立てるのかどうか。移民の話と言いましても、さて、どこから。ええ、では移民船で神戸を旅立つあたりからお話ししましょう。綺麗な背広を着て皆さん、いらっしゃったかと。単身の方もいましたし、私のように家族で、いや、家族といいましても、あれです、親や姉です。妻とはまだ知り合ってもいません。あちらは生まれてもいませんね。妻とはブラジルで知り合ったのですが、今それを話すと、ややこしくなりますから。そうそう、船。私もまだ小さいですし、生まれて間もなくの妹もいましたから、ずいぶんと賑やかでしたよ、子どもの記憶ですから途切れ途切れですが、ちゃんとありますよ。神戸港にびっしりと見送りの人たちがきてね、色とりどりのテープが海風に舞うんです。船から、みんな、自分の知り合いの名前呼ぶもんですから、いったい何を言ってるのかわからないんですわ。でも華やかでね、子どもの目から見ても綺麗でしたね。ブラジルってそんなにいいところなのかとその様子を見て思いました。まだ六歳だったかな、いや七歳ですかね。船旅をされたことがない。そうですか。いや、でも私もその一度きりです、神戸港からサントス港までの一度きりです。もう一度、帰りに乗るはずでしたが、乗らないまま、帰らないまま、もう何十年とブラジルに住んでいます。おかしいでしょう。うちの親は五年と決めて来たのにですよ。船旅は長かったですね。あなたもびっくりされましたか。ええ、飛行機で一日ちょっと、いや、それはまたずいぶんと短いですね。われわれの時は船で、何ヵ月もかかりましたよ。飽きないように、船でね、運動会なんて開かれたりして、いや、嘘じゃありませんよ。あの、走ったりする運動会ですよ。私一等とりましてね、賞品をもらいました。生まれてはじめての賞品ですよ。中身ですか、それはちょっと……親とはぐれてしまって、一等をとってる間に。それでさがすのに大きな箱が邪魔で、なにしろ私あのときまだ小さいですから、横にいた大人が預かってあげるから、さがしておいでよと言ってくれたものだから、預けて……それきりですよ。翌日もその翌日もその人には会えなかったですね。船を降りるまでずっと気がかりだったんですが、結局会えずじまいでした。ようやく船を降りてから、自分が騙されたことに気づいたわけです。悔しかったですね、子ども心に。何十年経っても忘れられませんね、その悔しさは。その時の相手の顔も、まだぼんやりと覚えてますよ。そんなに笑わないでください。一等も騙されたのも人生で初めてのことだったんですから。でもねぇ…その後、その大人も、きっと、私と同じ気持ちになったはずです。サントス港へ着きまして、親たちが契約している農園に行ったら、荒地でね、大きな木々が並んでいて、そこにいた大人が皆、オイオイと声を出して泣き崩れました。初めて見ました、あんな大人の姿を。騙されたんですわ。収穫したものがすぐお金になって、そのお金をね、貯めて帰れると聞いていたんです。五年も働けばずいぶんな儲けになるだなんて言われて。でもいざ現場にきたら、到底帰れないとわかったわけですよ。それからがつらかったですね、つら過ぎてあまり覚えてないくらいです。母が体調を崩して手伝えないもんだから、私も父と他の入植者たちと朝から晩まで働きました。今で言うジャングルみたいなところで、手も足も傷だらけになりました。この足の傷はその時のもんです。ひどいでしょう。傷口がぱっくりあいてしまって、どんな風に治したか覚えてません。こんなのまだましな方です。弟は手伝いのさなかに機械に手をはさみましてね、指が一本なくなりました。こんな話は珍しくないです。むしろ生きていたのが不思議なくらいです。末の妹はしばらくして、亡くなりました。栄養も足りなかったのでしょうが、環境も劣悪ですから。原因不明の熱病も流行りましてね、ばたばたと人が倒れていきました。マラリアが大流行した土地もありましたよ。そういうところは、一気に人がいなくなりました。入植した者たちの中には、あまりの生活の苦しさに自ら命を絶つ者もいました。子どもには隠されていますけど、大人たちと仕事をしていますと嫌でも耳に入りますから。今思いますとね、労働は過酷そのものだったし、そうなるのもわかる気もします…。生きるって、思いますけど、希望が必要ですよ、夢と言い換えてもいい。なにかないとね、苦しいんじゃないかと思うんです。叶っても叶わなくてもいいんですよ、実際には、叶わないことの方が多いでしょ。でもね、なにか希望があればね、勇気が湧いてくるんです。そういうもんじゃないかな、人間って。あぁ、そろそろバスのお時間ですか。すみませんね。大した話ができなくて、会えただけで十分、そうですか、こんな話、何かのお役に立つのでしょうか。最後の質問ですか、どうぞどうぞ。ブラジルに来たことを後悔していないかって、いや、それはないです。大変でしたけど、本当に大変でしたけれど、でも来てよかったです。大変なことより、楽しかったことの方が不思議と記憶に残りますね。自分は農場主《ファゼンディロ》になれましたから、幸せな方だと言えると思うんです。もちろん、人一倍努力はしたつもりです。希望をもってね。妻も子どもたちも孫もいて、今は幸せですよ。ちょうど先週ひとり孫が増えたところですよ、日本に。娘がひとり、日本へ留学をしましてね、あちらでいい青年と知り合って、かざめんと、日本語でカザメントはなんと言いましたかね、所帯を持つことですけれど、あぁ、そうそう、結婚ですね。おめでとうございますって、あぁ、そうですね。ありがとうございます、初孫ではないですけれど、また感慨が違いますね、私たちが戻れなかった、故郷に、日本の地に孫が生まれたのは。女の子ですよ、名前ですか、モニカっていうんです。娘がつけたそうです。将来、ブラジルと日本の架け橋になってほしいと。まぁ、親の、勝手な願いですね、ハッハッハ。それでブラジルと日本の双方で通用する名前にしたそうです。日本では見ない名前ですか。こちらではよくある名前のひとつです。モニカはカトリックで三賢母のひとりと言われていますし、大変有名なアニメもあります。モニカと仲間たちという、名前のね。お描きになったマウリシオ・デ・ソウザさんの奥さんもまた、日本の血をひいているそうで。まだご覧になってないですか。あちこちにモニカの製品はありますよ、ぜひブラジルにいらっしゃるうちにご覧になってください。いい名前ですか、娘に伝えておきますよ。どうぞお気をつけて、お帰りください。今日は日本の若い方とお話ができてうれしいです。それではまた。ありがとう。

日本に行っております

—日本に行っております千鶴子という者が
その昔　曾祖母は毎朝そう祈っていたのだという

日本からその地球の反対側まで
移民をした曾祖母は
息子である祖父が農場主《ファゼンデイロ》として
土地を大きくしていく間に　いつの日か
日本へ帰るのを諦めたのであろう
孫である母に　あなたは日本へ行くのですよと
言い聞かせるようになったそうだ

当時　母の姉妹に男の子はおらず

母は長女だったため　祖父は祖父で
この娘に家業を継がせようと
いろいろと教え込んでいたのだが
そうした一方で　曾祖母は幼い孫へ
繰り返し　日本へ行くよう勧めていたというのだから
おかしな話である

母も母で　留学のみの約束が　日本で嫁ぐこととなり
その後も長く日本に居続けることになるとは
そんな運命が待っていたとは
夢にも思わなかったに違いない
しかし　それもまたどこか
多くの移民たちと重なるところがあるような……

わたしが曾祖母に会ったのは　まだ赤ん坊の頃で
当時の写真は残っているものの
残念ながら　わたしの記憶にはまるでない

それでも　わたしのなかで
―日本に行っております千鶴子という者が
という祈りの言葉とともに
曾祖母というひとは時々あらわれる

エアメール

幼い頃から家のテーブルでよく目にした　手紙は
あざやかな黄と緑のストライプで縁取られた
国際郵便《エアメール》用の封筒だった
ブラジルの国旗の色と同じ黄と緑の縁取りで
いかにもブラジルという感じの封筒であった

それゆえ　ブラジルから届く手紙とわかるようになるまで
さほど時間はかからなかった

その一方で　地球儀や世界地図を前に
何度も　これがブラジルだよと親から説明されても
どうしてそんな遠いところに　親戚がいるのか

どうしてそんな遠いところから　母が
日本へやってきたのかなどは
よく分からずにいた

生後半年ほどで　母に連れられ
初めてブラジルを旅してから
その後も夏休みなどを利用し　幾度も遊びに行ったが
その謎については　長く解明されないままであった

幼いわたしは　遠く離れたその国に
親族はもちろんのこと
日本語を話す大勢の人や話さぬけれども
よく似た顔をした人たちが
たくさんいるということを
当たり前のように捉えていたのであるが
よくよく考えると　これは大変不思議なことであった

わたしの子ども時代はまだ

インターネットなどという便利なものはなく
少しの国際電話―たくさん喋るために　母は普段より早口で、
さらには大きな声で話していたのが、ずっと心に残っている―
と手紙でお互いを慮り
時折　船便で届く段ボール箱に
祖父のコーヒーや兎の形をしたチョコレートや
色鮮やかなワンピースなどが
入っているのを
母の隣で　わくわくしながら
眺めていたものである

先の　黄と緑のストライプで縁取られた手紙が
届く日は　決まって　母の機嫌がよかった

テーブルの片隅に置かれたそれらの手紙を
わたしは　いつも目にしていたが
これらの手紙は
頻繁に届いたというわけではなく

同じ手紙を
繰り返し　繰り返し　大切に　母が読むために
長く置かれていたのだと　わたしが
気づいたのは　いつ頃だったろう

アグア・ジ・ベベール《おいしい水》

祖父が亡くなって何年かののちに、一人でブラジルを訪ねたことがある。祖母もすでに他界し、その家には叔母が一人で住んでいた。家の中は祖父母がいた頃のままに保たれていたので、私は心ゆくまで祖父母との思い出に浸ることができた。墓参りに行った夜のことだった。夜中しきりに喉が渇くので、私は叔母に教えられた通り、かつて祖父の書斎として使われていた部屋に入った。書斎には小さな冷蔵庫が備えられてあり、中には隙間なく水の入ったボトルが並べられていた。どういう経緯でこの部屋に冷蔵庫が運びこまれたのか、それもなぜ水専用となってしまったのかは知るよしもないが、もしかしたら、晩年祖父が体調を崩した折に、この部屋に冷蔵庫を置くようにしたのかもしれなかった。最後の最後は一人で歩くこともままならず、けれども頑固な祖父は、なるべく自分のことは自分でやりたがった。せっかちな性分ということもあり、台所の冷蔵庫を使用するのではなく、こちらを使用したのかもしれない。几帳面な叔母の手により、部屋の中は丁寧に整えられていた。祖父の机や椅子は在りし日と少しも違わぬ形に置かれ、なつかしく感じられた。とは言っても、子どもの私が祖父のこの書斎を頻繁に行き来するようなことはなかった。祖父からの伝言は祖母を経由されて私へ届き、そうでないときは、母を経由して私の元へ届いた。私は祖父から呼び出された母がこの書斎へ入っていくのを眺めていたに過ぎない。しかしそんな私でも、何度かは——いったいそれがどういう用件であったかは、今となっては覚えていないが——この部屋に立ち入ったのである。もし、祖父の死についてなにも知らず、この部屋に足を踏み入れたのなら、私はまだここに祖父がいることを信じたにちがいない。それほどまでに、この部屋には在りし日の祖父の面影が漂っていた。私は戸棚の上にあるお盆からグラスをとり、ペットボトルの水を注いだ。なにひとつ物音のしない部屋に、グラスに注がれる水の音だけが小さく響いた。私は生前、祖父が愛用していた椅子に腰かけると——ここに腰をかけるのは全くの初めてであった——机にグラスを置き、飲みはじめた。まだ幾らかの時差ぼけが残っており、それが時折私をぼんやりとさせた。机には叔母が飾ったのであろう可憐な白のレースのテーブルクロスが置かれていた。私が水を飲みながら、左手でそのテーブルクロスに触れていると、白い編み目越しに誰かと目があった。私は一瞬、自分が寝ぼけているのかと思い、再度よくよく眺めてみたが、やはり誰かがじっとこちらを見つめている。何とも言えない気持ちで、私がテーブルクロスを取り払うと、そこには数々の写真が並べられていた。ビニールカバーの下で、時計の文字盤の数字のように並べられたそれらの写真を私はしばらく眺めていた。祖父には子どもが六人いた。私の母は長女にあたり、その三人の子どもたちは、叔母たちが言うところの唯一の、日本の孫であった。私たちの他にも、孫は六人いたが、誰一人日本語の読み書きはできなかったし、話すとしても紋切り型の挨拶言葉と限られていた。祖父は九人の孫の写真をテーブルに、時計の文字盤の数字のように丁寧に配置し、その中央にこともあろうに、私の写真を置いていた。その写真には私も見覚えがあった。全く笑っておらず、かといって、怒っているというわけでもない。難しくなにかを考えているような顔をしていた。私の父は写真を撮るのが趣味で、幼い頃の私はずいぶんと撮られたものだったが、その多くがブラジルの祖父母の元へ送られ、これもそうした一枚に違いなかった。それにしても、どうして、この写真が祖父の気を引いたのか。それというのも、他の孫たちの写真は皆、子どもらしい表情でにこやかに笑っており、こんな気難しい表情をしているのは、私ひとりであったからだ。私がレースの編み目越しに目があったのもこの写真であり、すなわち私は何十年ぶりかに再会した自分と目があったというわけである。深夜ということも手伝って、それは全く奇妙な出来事に思えた。それから私は再びグラスに水を注ぎ、飲みながら、過去の自分と、文字通り、向き合っていた。部屋を出る前に、また元のように机にテーブルクロスをかけた。翌朝私はいつも通りたわいもない話を叔母とし、書斎で見た写真については何も話さなかった。日本へ帰国してからも特段この話をする機会はなく、そのままになっていた。ここでこうして、この話を書き記すことにしたのもなにか理由があってのことではない。祖父が他界し、早いもので二十年経つが、時折夜ふけにあの書斎での出来事が思い出される。

ブラジル

ブラジルは多民族国家であるとよく言われるが、私がそれをつくづくと感じたのはこともあろうに墓地であった。祖父母が長年暮らしていたのはブラジル南部の田舎街であったが、そこは日系をはじめ、ドイツ系やイタリア系、ユダヤ系などさまざまなルーツを持つ人達が住んでいた。元々が、移民により開拓された土地ということもあるのだろう。街に出ても、私などは、見た目のみで人々のルーツを分類することはできかねたが、墓地へ行くと、ああ、これが話に聞く多民族国家というものなのだなあとしみじみと感じ入ったものである。それというのも、この墓地にはありとあらゆる種類の墓があり、さまざまな文化と価値観でもって、この土地の人々が生きてきたのが伝わってきた。私がまず驚いたのは、その明るさであった。多彩な色使いで明るく、それがいわゆる日本の墓地しか知らない私の目には大変興味深いものとして映った。色だけでなく、墓の形も実に多様であった。中でも驚いたのは、大きな透明ケースのようなものの中に聖母マリアがいたり、小学生ほどの背丈の聖人像が至る所にあったことである。これらは墓地のものではなく、すべて個人の墓にあったものだ。他にも、真っ白な十字架が並んでいたり、楕円形の墓石にメッセージが書かれていたり、土地を広く用いた上を覆うように四角い墓石を載せていたり、もちろん、日本式の墓もあり、本当にいろいろな墓があった。そういった墓地の中に佇んでいるパステルカラーで優しい色合いをしていた。聖母マリアや聖人像はと、不思議と寂しさを感じなかった。ところで、祖父母の墓といえば、墓石こそは日本の墓とよく似ていたが、モノクロの故人の写真がはめこまれ、サイズも日本での一般的なそれよりずっと大きく、私の目には、墓というよりむしろ洒落た歌碑かなにかの類いに映った。さらにそれを小さな柵で囲ってあり、それを眺めていると、やはり記念碑かなにかのように思われてくるのであった。墓が印象的であったのはもちろんだが、叔母が口にした一言が、今も焼き印のように胸にしっかりと残っている。しかしその叔母も特段深い意味を込めて話したわけではなく、単なる世間話のひとつとして、姪である私に話したに過ぎない。叔母は、「生まれた国で死ねなかったのは不憫だね」と言ったのであるが、この墓地で眠る者の多くが、そういった人たちであると気づいた時の、私の驚きといったらなかった。さらに日系三世である叔母が不憫という言葉を知っているのも、またそれを使うのも、不思議なことと思われた。きっと幼い頃に、祖父母らが話すのを耳にしていたのだろう。移民の歴史を紐解けば、そのような不憫な話はいくらでもあった。この墓地には多くの人々が眠り、そのほとんどが、世界中から海を渡ってきた者であるが、はたして一生をこの国でと心に誓い、やってきた者はどれだけいたのだろうか。おそらくはそれほどいまい。多くの人たちは、生まれ育った国へ帰ることを望んでいたはずだ。そう考えるとき、私はこの墓地がよそより幾らか明るく、安らかな印象を与えてくれることが、せめてもの救いのように思われるのだった。それから、母のことを思い、この国で生まれ育った三世の母が、日本で亡くなり、日本の墓に入るということは、どういう意味を持つのか。そしてそれは、はたして、当人からすると、うれしいことなのだろうか、それとも寂しいことなのだろうか、そのどちらなのだろうと考えた。

サウダージ　リベルダージ

赤い大鳥居をくぐれば　日本食も土産物屋も
ラーメン屋も寿司屋も　さらには大阪橋まである　この街は
かつて世界最大規模の日本人街として　賑わったところ
サンパウロの日本人街《リベルダージ》を歩いていると
数年働いて帰るつもりだったブラジルに
何十年と　でんと腰を下ろして
暮らし続けた者たちの声が聞こえる

移民当初　働いて　食べて　それのみの生活に潤いはなく
戦時中は手紙も送れず　日本語も禁じられ
故郷にのこした者たちを思っては
不安な日々が続いた
日本人たちの声が聞こえる

どうにかして　日本へ帰るつもりが
どうにもならず　ブラジルに居続けることになり
次第に　日本人であることをあきらめ
ブラジル人になっていった者たちの声が聞こえる

今もなお　胸にはたくさんの望郷《サウダージ》の思いが詰まっています
夕暮れ時　ふとその思いが溢れそうになり
夕飯をこしらえながら
涙がこぼれ落ちることもあります
どうぞ　そんなわたしたちを忘れないでください

祖父母や親たちが繰り返し語ってくれた
ふるさとと日本への憧れを抱き
いつの日か　皆で日本へ帰ろうと　そう思い続けた
生きている間　そう思い続けた
わたしたちのことを
どうぞ　どうぞ　忘れないでください

佐藤モニカ

1974年生まれ　千葉県出身
2013年より沖縄県名護市在住
竹柏会「心の花」会員　佐佐木幸綱に師事
現代歌人協会会員　日本歌人クラブ会員

2010年　第21回歌壇賞次席（「サマータイム」30首）
2011年　第22回歌壇賞受賞（「マジックアワー」30首）
2014年　第39回新沖縄文学賞受賞（小説「ミツコさん」）
2015年　第45回九州芸術祭文学賞最優秀賞受賞（小説「カーディガン」）
2016年　第50回沖縄タイムス芸術選賞奨励賞受賞（文学部門・小説）
2017年　第40回山之口貘賞受賞（詩集『サントス港』）
2018年　第24回日本歌人クラブ新人賞および
　　　　第62回現代歌人協会賞受賞（歌集『夏の領域』）

詩集　世界は朝の

二〇一九年六月二六日　初版第一刷発行

著　者　佐藤モニカ

発行所　新星出版株式会社
〒九〇〇-〇〇〇一
沖縄県那覇市港町二-一六-一
電　話　（〇九八）八六六-〇七四一
ＦＡＸ　（〇九八）八六三-四八五〇

印刷所　新星出版株式会社

ISBN978-4-909366-32-0
定価はカバーに表示してあります。
万一、落丁・乱丁の場合はお取り替えいたします。